ÉCHOS
DE LA VILLE

POÉSIES

BEAUNE

IMPRIMERIE ED. BATAULT-MOROT
MDCCCLXXIX

ÉCHOS DE LA VILLE

ÉCHOS
DE LA VILLE

POÉSIES

BEAUNE
IMPRIMERIE ED. BATAULT-MOROT
MDCCCLXXIX

AUX LECTEURS

Nous avons réuni dans ce petit volume,
Répondant au désir bien souvent exprimé,
Les gracieux écrits d'une élégante plume,
Applaudis du public qu'ils ont toujours charmé.

Nous ne pouvions laisser se perdre à l'aventure,
Ces échos publiés en fugitifs feuillets;
Il fallait qu'un recueil, bijou miniature,
Fût l'écrin renfermant ces diamants parfaits.

Editeur et poète ont voulu faire un livre
Montrant le vandalisme à la postérité,
Comme à Lacédémone on montrait un homme ivre,
Pour affermir les mœurs dans la sobriété.

Nos Édiles jaloux d'innover, de détruire,
Ont mis la sape aux pieds de nos vieux monuments,
Et Némésis, s'armant du fouet de la satire,
Les a stigmatisés de ses pamphlets sanglants.

Le poète a fait plus, blâmant leur politique,
Critiquant leurs hauts faits, les suivant pas à pas,
De son vers incisif, de sa verve caustique,
Il a flétri tout haut ce qu'il n'approuvait pas.

ASMODÉE.

LE

GOUVERNEUR DE BEAUNE

AUX HABITANTS

———

(8 OCTOBRE 1870)

———

Je vous le dis, je vous l'annonce,
Beaunois, le pays est sauvé ;
Ces Teutons qui vous ont bravé,
Votre attitude les enfonce.

Je vous l'annonce et vous le dis
Le roi des mangeurs de choucroûte
Verra ses généraux occis
Et ses cohortes en déroute.

« Je vous le dis, parce qu'hier »
« Vous étiez des bourgeois paisibles, »
Et qu'aujourd'hui vous m'avez l'air
De soldats b...igrement terribles.

Oui, ces farouches ennemis
Qui violent nos demoiselles,
Par vos mains en verront de belles,
Je vous le dis, je vous le dis.

Ils vous verront, « lestes, agiles, »
Saisir, éventrer les fourgons ;
Bondir, sans peur des projectiles,
Sur le derrière des canons ;

Tomber du fond des embuscades
Sur les faibles détachements,
Et filer comme des muscades
A l'approche des régiments.

Ils vous verront, insaisissables,
Galoper par monts et par vaux,
Couper les routes carrossables,
Saigner les étangs, les canaux ;

Noyer les campagnes fertiles ;
Jeter les ponts au fond des eaux
Et, tout en abattant des piles,
En flanquer à leurs généraux.

Ignorant ce qu'un peuple libre
Produit de soldats valeureux,
Ils en verront de tout calibre
Surgir en masse derrière eux :

Ils en verront de gros, de minces,
« De grands, de jeunes et de vieux ; »
Ils en verront armés de pinces,
Ils en verront munis de pieux ;

Ils en verront portant béquilles,
Ils en verront portant jupons,
Changer en glaives leurs aiguilles,
Changer en armes leurs bâtons.

Ils en verront qui, d'un pied leste,
Sans bras, iront les aborder ;
Ils en verront les regarder
« De l'œil unique qui leur reste ; » (1)

Ils en verront pouvant, hélas !
A peine écraser une puce,
Mais certes ils n'en verront pas
Travailler pour le roi de Prusse.

Oui, bien portants et mal portants,
Gens taillés en manche de veste,
Manchots, béquillards et le reste,
Centenaires, adolescents,

Fronts recouverts du casque à mèche,
Fronts coiffés du képi guerrier,
Culs de jatte, jarrets d'acier,
Oui, tous de tout bois feront flèche.

Ils verront, jusqu'au moribond,
Saisi d'un transport héroïque,
Hors de sa couche faire un bond
A l'appel de la République.

(1) *Textuel.*

Je vous le dis, je vous le dis,
Moi, Paul, apôtre provisoire,
Bientôt, les Prussiens maudits
Déguerpiront du territoire.

Je vous l'atteste et vous le dis,
Je vous le dis et vous l'atteste,
Quand paraîtra ce manifeste,
Ils seront tous anéantis.

L'ÉCHO DE LA MONTAGNE

SOUVENIR DE LA GUERRE

L..... un beau matin, assis dans un vallon,
Interrogeait ainsi l'écho de son canton :

Guerrier comme César, Pompée ou Charlemagne,
De six pétards à Beaune j'ai fait don,
Beaune a-t-il bien fêté ces pièces de canon ?
                    Non !
Répond soudain l'écho de la montagne.

Cependant, si demain la farouche Allemagne
Dans le pays lançait son troupeau d'ours,
De mes bouches à feu quels seraient les secours ?
                    Courts !
Répond soudain l'écho de la montagne.

*
* *

Eh bien! pour assurer le sort de la campagne,
Paul dans nos rangs fera le coup de poihg.
N'est-ce pas là pour vaincre un suffisant appoint ?
　　　　　　Point !
Répond soudain l'écho de la montagne.

Garibaldi Joseph, que Bordone accompagne,
A mon appel, bataillera partout.
Que saurait perdre Beaune avec un tel atout ?
　　　　　　Tout !
Répond soudain l'écho de la montagne.

Quoi ! le pauvre Lavalle, attaquant l'Allemagne,
Sous Pontailler brillamment guerroya,
Et le coq des héros serait mis *a quia!*
　　　　　　Ia !
Répond soudain l'écho de la montagne.

L'ennemi foulerait ce pays de Cocagne !
Et l'on verrait, battu par l'aigle noir,
L'oiseau de Caprera du haut de son perchoir ...
　　　　　　Choir !
Répond soudain l'écho de la montagne.

J'aime Beaune à l'égal d'une aimable compagne ;
J'entreprendrai pour venger ses appas,
Ce que pour son Hélène entreprit Ménélas.
Hélas !
Répond soudain l'écho de la montagne.

*
* *

Oui, que ma renommée y perde ou qu'elle y gagne,
Nous lutterons : *est alea jacta ;*
Un sous-préfet vaillant sourit à Gambetta.
Bêta !
Répond soudain l'écho de la montagne.

*
* *

Voix railleuse d'en haut, va, tu bats la campagne.
Lorsque ma barque aura passé le Styx,
L'histoire te dira que je fus un phénix.
Nix !
Répond soudain l'écho de la montagne.

*
* *

Ainsi s'entretenaient, sur un aimable ton,
Le sous-préfet L....... et l'écho du canton.

PROCÈS DE LA BOUZAISE

—

REVUE RÉTROSPECTIVE

—

Un jour, le Maire de Beaune étant monté sur le Pont DES OIES, *dit à la Bouzaise : Tu n'entreras plus en ville ; et il fit établir un barrage au pied du Rempart* DES DAMES. *Mais la rivière, un matin, rompt ses digues et rentre en ville, sans sa permission. — L'autorité accourt pour châtier la rebelle. — Les intéressés protestent. — Un vif débat s'engage au bord de l'eau.*

—

LA SCÈNE SE PASSE EN 1872, DANS LA RUE MAIZIÈRES, PRÈS DU VIEUX PALAIS DE JUSTICE, AUJOURD'HUI EN RUINES.

—

CHŒUR DES RIVERAINS.

La Bouzaise en grondant a brisé ses barrières.
    L'onde bondit vers la cité ;
Et, debout sur le pont, teinturiers, lavandières
    Acclament le flot révolté.

LE LAVOIR.

    Tremblez, magistrats en démence,
    Contempteurs des droits du lavoir.
    L'onde souveraine s'avance ;
    Tyrans, tombez sous le battoir.

2

TEINTURIERS, LAVANDIÈRES.

La Bouzaise, amis, nous appelle ;
Sachons vaincre ou sachons périr !
Un laveur doit vivre pour elle,
Pour elle un laveur doit mourir.

LE VOYER, *suivi d'un agent de police.*

Que vois-je là? grands Dieux, mon barrage en dérive,
    Et l'eau qui retourne au moulin !
Agent, prends une verge et, franchissant la rive,
    Fustige-moi le flot mutin.

UN BARBIER.

Xerxès usa de ce supplice
Pour laver un sanglant affront ;
Un savon eut mieux fait l'office
Q'une fessée à l'Hellespont.

L'AGENT, *frappant la rivière.*

En l'absence du Maire en vain tu pris ta course ;
    La police veille avec soin.
Arrière ! et lestement remonte vers ta source,
    Morbleu ! tu n'iras pas plus loin.

UN CONSEILLER, *avec orgueil.*

Le fouet en main, un autocrate
Houspille un jour le Parlement.
Plus libéral, un démocrate
Fouette une nymphe simplement.

LE MAIRE, *accourant en toute hâte.*

Ni verges, ni discours : la peine est trop légère.
Au nom du peuple souverain,
Votons la mort sans phrase ; et que vive on enterre
La naïade de Saint-Martin. (1)

TROIS MAÇONS.

A l'œuvre, enfants de la bâtisse !
Emprisonnons l'affreux cours d'eau ;
Et qu'à pied sec on le franchisse
De Saint-Martin jusqu'à Palleau. (2)

UNE BORNE-FONTAINE, *au maire.*

Terrible magistrat, épargne ma voisine ;
Garde à Genet le châtiment. (3)
C'est lui qui, dans son lit tombant à la sourdine,
Engendra ce débordement.

UN LIBRE-PENSEUR.

Moi, sincère et bon patriote,
D'égalité plus amoureux,
Séance tenante, je vote
L'enterrement civil des deux.

---

(1) *Faubourg où la Bouzaise prend sa source.*
(2) *Village de Saône-et-Loire, au confluent de la Dheune et de la Bouzaise.*
(3) *Genet, torrent intermittent.*

GENET, *sortant du lit de la Bouzaise.*

Voilà mille ans et plus qu'à la nymphe je cause
Sans subir affronts, ni dédains ;
Et s'il lui plut, un soir, de mal prendre la chose,
Ma foi, je m'en lave les mains.

LA BOUZAISE, *vivement.*

Depuis longtemps s'il me courtise,
Pour lui mon cœur n'a point battu ;
Et jamais Genet, quoi qu'il dise,
Ne fit cascader ma vertu.

LE MAIRE.

Aux jeux de Cupidon je comprends qu'on s'amuse,
Mais sans bruit ni débordements,
Sur le ton réservé d'Alphée et d'Aréthuse,
Modèle des parfaits amants.

GENET, *avec ironie.*

Cet argument mythologique
Arrive ici hors de saison.
N'est-on pas libre en république
De se conduire à sa façon ?

UN POMPIER.

Coupable ou non, laissons le jour à la rivière,
Protectrice de nos foyers.
Qu'un incendie éclate au quartier Bretonnière,
Sans eau que feraient les pompiers !

UN CONSERVATEUR.

Laissons au rêveur sa chimère ;
Au chansonnier, ses gais refrains ;
Ses pantalons *crôttés,* au maire,
Et la rivière aux riverains.

LE MOULIN DE LA VILLE.

O toi ! que Mars inspire en dépit de Minerve,
Puissant maître de nos destins,
Supprime le torrent qui détruit, mais conserve
L'eau qui fait battre les moulins.

UN PÊCHEUR.

Ami du peuple, sois bon père ;
C'est ma nourrice, mon sauveur.
Retire un arrêt trop sévère
Qui serait la mort du pêcheur.

PREMIER ADJOINT.

Frappons, point de pitié ; son cas est des plus graves ;
N'a-t'elle pas, affreux méfait,
Hier même envahi la cuisine et les caves
De notre nouveau sous-préfet !

UNE GRENOUILLE.

Prends au moins pitié d'une raine
Qui n'a pour abri qu'un roseau,
Et ne saurait dire : fontaine
Je ne boirai plus de ton eau.

CHŒUR DES GRENOUILLES.

Pauvres raines, pour nous toujours le ciel se brouille,
　　Toujours le sort nous affligea ;
Car, si jadis un roi dévora la grenouille,
　　La République la mangea. (1)

SECOND ADJOINT.

　　Frappons ; et si, par aventure,
　　Genet encor lève le nez,
　　Qu'à jamais on le claquemure
　　Au fond du trou des *Marconnés*. (2)

UN CONTRIBUABLE.

Travaillez, citoyens, de façon plus utile ;
　　Employez mieux nos revenus.
La truelle est coûteuse, hélas ! et notre ville
　　N'est pas boulangère aux écus.

LE MAIRE.

　　Nous n'avons point l'oreille ouverte
　　Pour écouter un madrigal.
　　La Bouzaise sera couverte,
　　Sans compter le Creux *du Cheval*. (3)

---

(1) *Les assignats de 1790 à 1796.*
(2) *Nom d'un vignoble où le torrent s'est creusé un lit.*
(3) *Abreuvoir.*

LE MOULIN.

Où s'arrêteront-ils dans leur guerre profane ?
    Dois-je aussi tomber sous leurs coups !
Que le Creux *du Cheval* n'est-il le Creux *de l'Ane !*
    Le Conseil lui serait plus doux.

LE MAIRE.

Silence ! moulin à parole ;
Sinon le Conseil irrité
Te fait danser la carmagnole ;
« Ainsi le veut la liberté. »

L'ANCIEN TRIBUNAL.

Renverser un moulin ! Détruire une rivière !
    Je crois qu'il ne serait pas mal
D'adjoindre au plus vite un conseil judiciaire
    A ce conseil municipal.

LE MAIRE.

Le bon vieux temps des remontrances
Est mort avec les parlements.
On exécute mes sentences ;
Moi, je ris de tes jugements.

LE PONT DES OIES, *au peuple.*

Enfants, n'ayons souci des menaces du maire,
    Pas plus que de Colin-Tampon.
Avant qu'on obéisse il passera, j'espère,
    Encor bien de l'eau sous le pont.

LA BOUZAISE.

Hélas ! la chose et décidée ;
Ils voteront tout sot projet ;
Quand le chef émet une idée,
Chacun opine du bonnet.

LE REMPART DES DAMES, *ironiquement.*

Nos doctes conseillers ne sont point des esclaves ;
On les calomnie au lavoir.
Ils diront qu'il vaut mieux sortir l'eau de nos caves
Que mettre à l'ombre un abreuvoir.

UN CONSEILLER.

Ils plaideront qu'en toute affaire
Il faut courir au plus pressé,
Et que sous peu vous pourriez faire
La culbute dans le fossé.

LE MAIRE.

Je suis illuminé ; la cause est entendue.
Rasons bastions et rempart,
Et changeons la rivière en spendide avenue
Que l'on baptisera : B......

FRÈRES ET AMIS, *en chœur.*

Jetons dans l'eau, l'heure est prospère,
Les finances de la cité ;
Et que le nom de notre maire
S'envole à l'immortalité !

TEINTURIERS, LAVANDIÈRES.

La Bouzaise, amis, nous appelle ;
Sachons vaincre ou sachons périr !
Un laveur doit vivre pour elle,
Pour elle un laveur doit mourir.

(Extrait du Recueil des causes célèbres.)

LAMENTATION DE PAUL

A PROPOS DE L'ÉLECTION D'AVIGNON

Grands Dieux, ah ! que j'ai de guignon !
Demaine est mis à la porte.
Après Beaune, c'est Avignon ;
Partout *Saint-Martin* l'emporte !

3

AU BORD DE L'EAU

Air à faire.

1er février 1877.

FRÈRES ET AMIS

Cher B........
Que nous plait
L'ardeur que tu déploies !
Grâce à toi, le cours d'eau se couvre lestement ;
Et bientôt nous pourrons, par un chemin charmant,
Tout droit, de l'Hôpital aller au pont *des Oies.*

RÉACTIONNAIRES.

Que B........
S'emballait,
En prenant sa mesure !
Regardez : le canal creusé par ce malin,
Est d'un mètre plus bas que celui du moulin
Auquel il aboutit. Quelle mésaventure !

FRÈRES ET AMIS.

Le canal
N'est pas mal ;
Vous nous faites injure ;
C'est le vieil aqueduc qui trop haut fut creusé
Sous quelque maire ancien, aussi mal avisé
Qu'incapable de prendre une bonne mesure.

RÉACTIONNAIRES

L'argument
Est charmant ;
Mais le défaut existe,
Et vous ne pouvez pas laisser la chose ainsi ;
On en rirait autant que du pont « *fait ici;* »
Retouchez, citoyens, à l'œuvre de l'artiste.

FRÈRES ET AMIS.

Travaillons !
Nivelons !
Et si l'emprunt y saute,
Si, pour en faire un autre, on double les impôts,
Si le mineur reçoit des maisons sur le dos,
Aux plaignants nous dirons : des anciens c'est la faute.

RÉACTIONNAIRES.

Grâce à vos
Grands travaux
Vous ruinez la Ville ;
Mais aussi vous pourrez, par un large chemin,
A pied sec et gaîment, sans détour inutile,
Tout droit de l'Hôpital aller à *Saint-Martin*.

A MARTIAL

L'INVENTEUR DU TREIZAIN

—

Joyeux dizain, qu'aimait Madame Deshoulières,
Sonnet, cher à Ronsard, triolet et quatrain,
Votre règne est fini ; l'émule de Linières,
L'illustre Martial a créé le treizain.

Une artiste d'élite, une charmante femme,
On le sait, inspira le troubadour galant ;
Mais treize vers c'est peu pour chanter cette dame,
Et Martial n'a point épuisé son talent.

Il fera le quinzain ; le dixseptain lui même
Sous sa plume aisément pourrait naître demain ;
Et je ne doute pas, qu'en son ardeur extrême,
Au printemps, à l'artiste il n'offre un *quarantain*.

Joyeux dizain, qu'aimait Madame Deshoulières,
Sonnet, cher à Ronsard, triolet et quatrain,
Votre règne est fini ; l'émule de Linières,
L'illustre Martial a créé le treizain.

VERRES CASSÉS

Martial, l'autre jour, par l'orage surpris,
Avise un magasin, s'y jette, à l'étourdie,
Et renverse en passant deux *verres* de grand prix.
Témoin de l'aventure un écolier s'écrie :
« Ce poète vraiment a d'étranges façons ; »
« Il fait de mauvais vers, il en casse de bons. »

LYRE ET PINCEAU

Au pinceau joignant la lyre,
Un disciple de Zeuxis
Très-péniblement soupire
Des vers fort peu réussis.
Méchants, gardez-vous de dire :
Ut pictura poesis.

DANS LA RUE DE L'ÉCOLE

— *Quid novi,* Grégoire ?
— Martial ouvre un cours d'enseignement.
— Gratuit ? — Oui ; mais non obligatoire.
— Fort heureusement.

LA VOIX DU PEUPLE

—

SCÈNE NOCTURNE

—

La façade du théâtre éclairée à GIORNO, *et ornée de deux niches qui attendent leurs grands hommes — Le Conseil, sous la porte S*ᵗ*-Nicolas, garnie de lampions — Sur une estrade, le Maire et les Adjoints — Le peuple, sur le pavé.*

—

LE MAIRE

Peuple, à qui ferons-nous l'honneur de ces deux niches ?
Notre embarras est grand, car nous sommes fort riches.
Pour ma part, j'aimerais, assis à ce fronton,
L'auteur de *La Pucelle* et l'illustre Piron.

PIERRE

Une niche à Piron qui nous en fit plus d'une !
Citoyen, ce projet ne fera pas fortune.

LE MAIRE

Le choix me semble heureux; et je ne doute point
Qu'il ne plaise au premier comme au second adjoint,
                (Les Adjoints s'inclinent.)

4

SIMON

Passe encor pour l'auteur de *La Métromanie,*
Mais Voltaire, fi donc! « ce singe de génie. »

Ier ADJOINT

Qui se permet ces mots ?

SIMON

Victor Hugo le grand. (1)

UN MANŒUVRE

S'il continue ainsi, nous le lâchons d'un cran.

UN ARTISTE

Deux places, s'il vous plait, pour Favart et Molière.

MARTIAL

Je réclame en faveur du barde Longepierre.

UNE VOIX

Que Gacon, plaisamment, nomma : *Lithomacros.*

PAUL

Ce nom sonne fort mal; cherchez d'autres héros.

---

(1) *Les Rayons et les Ombres.*

UN DIJONNAIS

Crébillon aurait-il le talent de vous plaire?

LE SECOND ADJOINT

Qu'a-t-il fait pour gagner la faveur populaire?

LE DIJONNAIS

Rhadamiste, Pyrrhus, Xerxès, Sémiramis....

LE CONSEIL

Qui célèbre les grands n'est pas de nos amis.

UN PAUVRE DIABLE

La Monnoye a du bon.

UN LOUSTIC

      Et c'est ce qui nous manque,
Depuis que la Bouzaise a noyé notre banque.

LE MAIRE

Discourons gravement.

UN CHANTEUR DES RUES

      Je propose Garat.

PAUL

Moi, j'offre Julien, l'Empereur apostat.

PIERRE

Pourquoi pas à Loyson donner la préférence?

PAUL

Je l'oubliais; mon cœur entre les deux balance.

UNE VOIX

Adoptons Colardeau.

UN MEMBRE DU CONSEIL

Que dit-il ? un garçon
Qui faisait le roulage entre Beaune et Dijon,
Trempait la soupe aux gens et leur servait à boire !
L'hôtel du *Chapeau rouge* appartient à l'histoire. .

THALIE

Colardeau voyagea du Pinde à l'Hélicon ;
Et s'il servit des *vers*, ce fut pour Apollon.

MARTIAL

Puisque vous repoussez tous les gens qu'on vous nomme,
Jetez les yeux sur moi, Messieurs, je suis votre homme;
J'inventai le *Freizain*, c'est un titre assez beau.

UN MUSICIEN

Beaunois, donnons la place au malheureux Rameau.
A qui, faute d'argent, Dijon refuse un buste.

UN AVOCAT

Loger ici Bouhier, me semblerait plus juste.

LE MUSICIEN

Plaisante idée ! il fut président à mortier.

DEUX MAÇONS

A mortier ! Qu'on le prenne ! il était du métier.

FRÈRES ET AMIS

Des grands hommes du crû, montrons-nous moins avares;
Les notabilités chez nous ne sont pas rares ;
Et sans plus écouter Pierre, Paul ou Simon,
Colloquons Maire, Adjoints aux niches du fronton.

LE MAIRE, *ému*

« L'Administration, frères, vous remercie,
« Cette nuit est le jour le plus beau de sa vie. »

AU RÉDACTEUR

DE LA REVUE BOURGUIGNONNE

———

Le peuple, dites-vous, en son humeur folâtre,
Se propose de mettre au fronton du théâtre
Et l'image du maire et celles des adjoints.
Le buste du grand Paul plairait mieux en tous points ;
Car, si nos triumvirs n'ont rien fait pour Thalie,
L'illustre Paul souvent donna la comédie.

LE CHANT DES OISEAUX

PHILOMÈLE

La ville est livrée aux sauvages ;
Les arbustes jonchent le sol.
Adieu ! bosquets aux frais ombrages,
Réduits aimés du rossignol.
Cytises, lilas, aubépines,
Sous la serpe des Visigoths
Tombent, coupés jusqu'aux racines,
Et sont convertis en fagots.

MOINEAU, PINSON, FAUVETTE

Juste orgueil de la promenade,
L'arbre a le sort des arbrisseaux ;
Chacun fait la dégringolade,
Platane et sorbier des oiseaux.
On détruit toutes nos retraites ;
Fuyons en pays étranger,
Vienne le temps des amourettes,
Nous ne saurions plus où loger.

HIRONDELLES

Vite, volons à la fenêtre
Où nous suspendrons notre nid ;
Elle aura disparu peut-être
Avant que l'automne ait fin.
L'administration s'égare :
Partout, des ruines, des trous!
Dans sa folie, elle prépare
Des logements pour les hiboux.

MARTIN-PÊCHEUR, *près de l'abattoir*

Ils ont couvert une eau limpide
Au nom de la salubrité ;
Et jamais odeur plus fétide
Ne s'étendit sur la cité!
L'air impur d'ici nous exile.
Ah! les singuliers gouvernants
Qui, pour assainir une ville,
Empoisonnent les habitants.

UN CANARI

Frères, vous battez la campagne ;
La peur trouble votre raison.
Beaune est un pays de cocagne;
Restez ici, moineau, pinson.
Notre Conseil, dans sa sagesse,
Vous dotera d'arbres *nouveaux*
Qui poussent à grande vitesse.
Dormez en paix, petits oiseaux.

UN MERLE

N'écoutez pas ce radotage ;
De l'exil prenez le chemin ;
Vil esclave, chanteur à gage,
Ce canari n'est qu'un serin.
Pleurant sur vos douces retraites,
Hâtez-vous de vous envoler.
Pinsons, rossignols ou fauvettes,
Partez ! — Je reste pour siffler.

Au temple tu pourras, sans nous blesser en rien,
Discuter si le Christ est mort en bon chrétien.

UN ANABAPTISTE

Paul, au nom du grand Stork, souffre qu'on te baptise.

UN MÉTHODISTE

Halte-là, citoyen, la règle n'autorise
A baptiser les gens qu'à l'âge de raison.

LE PRÉSIDENT

Vous en manquez vous-même en parlant sur ce ton.
Paul est, de son pays, la gloire et l'espérance.
Et l'insulter, c'est faire une injure à la France.

UN BEGGHARDS

Parlons des Turlupins.

UN PASTEUR DE WESTPHALIE

                Deux mots, auparavant,
Du fameux Jean de Leyde.

PAUL

                Un illustre savant
Connu par sa bouteille?
      (Rires.)

LE PASTEUR

           Un guerrier, dit l'histoire,
Dont Munster à jamais gardera la mémoire;
Un soldat qui, sans peur, sut renier sa foi...

PAUL, *vivement*

Bravo! voilà mon homme.

LE PASTEUR

Et se fit nommer roi.

PAUL

Alors je l'abandonne.
(Bruit)

UN PIÉTISTE

Amis, faites silence!
En faveur de Spener, je vais rompre une lance.

UN DISCIPLE DE SMITH

Et moi, pour les Mormons, *ces Saints du dernier jour*.

LE PRÉSIDENT

Messieurs, veuillez plaider chacun à votre tour.

PAUL

Mon Dieu, quel parti prendre? A quel saint me remettre ?

UN QUAKER.

Viens à nous, simple auteur d'une trop *simple lettre*,
L'Esprit-Saint nous inspire: il saura t'inspirer.

UN LUTHÉRIEN *avec feu*

Deus, ecce deus! il va le pénétrer;
Non point ce Dieu qu'invoque un quaker ridicule,
Mais l'Esprit qui venait, le soir, en sa cellule,
Agiter le sommeil du grand moine Augustin.
Arrière, sectateurs de Bèze ou de Calvin ;
Hérétiques de noms grotesques ou barbares:
Begghards, Gueux de Lyon, Turlupins et Cathares.
Vaines sont vos clameurs, vos efforts, superflus;
Retirez-vous d'ici ! Paul ne vous connaît plus.

VOIX DIVERSES

— Vivent les remontrants! — Gloire aux Sacramentaires!
— Hommage à Carlostad, chef des Supralapsaires !

PAUL *éperdu*

Mânes de Thiers, Adolphe! Ombre de Lepetit!
Venez à mon secours, ou j'en perdrai l'esprit.

VOIX DU DEHORS

— Ouvrez. — On n'entre pas. — Nous enfonçons la porte.
— Retirez-vous.—Non ! non !—Hôlà, pompiers, main forte!

LE PRÉSIDENT

Il faut en finir.

PAUL

Soit. Les noms dans un chapeau,
Et du premier venu j'arbore le drapeau.

UN NICOLITE, *son bonnet à la main*

Voici le sac.

PAUL

Déjà ! Vous faites diligence.

LE NICOLITE

Le cas étant prévu, tout était prêt d'avance:
Tirez.

PAUL, *sortant un billet de l'urne*

Lisez !

LE PRÉSIDENT

Luther.

PAUL

Va pour Luther, morbleu.

CHŒUR DES LUTHÉRIENS

Très-bien. Et maintenant confessez-vous à Dieu.

PAUL, *à haute voix*

« Je m'accuse d'avoir, étant couvert de crotte,
« -Dans le salon de Thiers promené ma culotte;
« Mis, au théâtre un soir, et pour amour de l'art,
« Un baiser trop brûlant sur le front de Favart,
« Je m'accuse d'avoir, en mon humeur guerrière,
« Couché d'un coup de poing A..... dans la poussière;

« Colloqué de ma main un gendarme en prison ;
« De la sous-préfecture, expulsé Clogenson;
« Assourdi les Beaunois du bruit de ma trompette;
« Prédit aux Prussiens une prompte défaite;
« Et fait appel, enfin, pour vaincre l'Allemand,
« A tous les écloppés de mon département. »

UN MEMBRE DE LA CONFESSION D'AUSBOURG

Cher fils, tombe en mes bras, afin que je t'embrasse;
Si tes péchés sont grands, cet aveu les efface.
                    (*Levant les yeux au ciel.*)
Et toi, qui marquas Paul du signe des élus,
Fais en sorte, ô Luther! qu'il ne déserte plus!

UN AGENT DE POLICE

Trente pasteurs nouveaux sont là, monsieur le Maire,
Réclamant à grands cris le Récipiendaire.

LE PRÉSIDENT, AU BALCON

Messieurs, il est trop tard: Paul est luthérien.

VOIX NOMBREUSES

Bah! nous repincerons un jour le citoyen.

APRÈS LE SCRUTIN

—

Nommons Paul, avait dit le Comité Beaunois ;
Et le peuple docile, à Paul donna sa voix.
Mais que le peuple un jour, amusante aventure,
A sa place, au Conseil, nomme le grand Bertron ; (1)
Rien ne sera changé, tant l'aimable nature
Les a taillés tous deux sur le même patron.

———

(1) *Candidat humain.*

SI J'ÉTAIS DIEU

—

SCÈNE HÉROÏ-COMIQUE

—

FLOCON, *rédacteur, au gérant du* journal.

Cinquante communards désirent vous parler.

LE GÉRANT

Qu'on leur ouvre à l'instant ; il faut les cajoler.

LE RÉDACTEUR

Entre ces gens et nous mettons quelque distance.

LE GÉRANT

Allons donc ! Des amis...

LE RÉDACTEUR

                  Ayez de la prudence.

LE GÉRANT

Je les haranguerai du haut de mon balcon.

7

LE RÉDACTEUR

Montez jusqu'au grenier.

LE GÉRANT, *gravissant l'escalier.*

Escorte-moi, Flocon.
(*Tous deux à la lucarne*)

LE GÉRANT

« Citoyens, que ma feuille amuse, instruit, éclaire... »

LE CHEF DES COMMUNARDS, *interrompant*

Elle est beaucoup trop fade et ne saurait nous plaire ;
Il nous faut un journal qui soit couleur de sang.

LE GÉRANT

Je suis le serviteur du peuple tout-puissant.

LE CHEF

Il suffit ; en deux mots, voyons ta politique.

LE GÉRANT

« Si j'étais Dieu ! »

UN SANS-CULOTTE

Va-t-il nous chanter un cantique ?

LE CHEF

Eh bien, que ferais-tu, maître de l'Univers,
De la meilleure prose ou de moins pauvres vers ?

LE GÉRANT

« Pour te venger des rois, *République française,*
« Aux élus je ferais chanter la *Marseillaise.* »

LE CHEF

Bel exploit ! Six couvents dévorés par le feu,
Rapporteraient bien plus d'honneur au nouveau Dieu.
Après ?

LE GÉRANT

   « On livrerait aux mains de la police
« Et Napoléon quatre et l'ex-Impératrice. » (1)

UNE VOIX

Le grand Carrier jetait les gens sur un bateau,
Ouvrait une soupape et les coulait dans l'eau (2).

LE GÉRANT

« Chacun fait ce qu'il peut ; J'expédîrais ensuite
« Sœur, Frère ignorantin, noble, bourgeois, Jésuite...

LE CHEF

Bravo !

LE GÉRANT

   « Bonapartiste, ami du droit divin ».

LE CHEF

Bravo ! Bravissimo !

---

(1) *Journal de Beaune, 10 mai 1879.*
(2) *Carrier, commissaire de la Convention, à Nantes. Ses bateaux noyaient cent personnes à la fois.*

LE GÉRANT

« Zwingle, Luther, Calvin »

LE CITOYEN PAUL

Nous protestons.

VOIX NOMBREUSES

A bas le protestant.

LE GÉRANT

                                        « Silence !
« Je mets tous ces cafards dans la même balance.
« Guerre aux religions ! Périssent à jamais,
« Et le pape et les rois, leurs trônes, leurs palais !
« Qu'une heure je sois Dieu, j'aurai cette fortune
« De surpasser encor l'immortelle Commune. »
(*Tonnerre d'applaudissements*)

LE CHEF

Maintenant, pour agir, Frère, oserais-tu bien
Descendre dans la rue ?

LE GÉRANT, *transporté*

                                        « A l'instant, citoyen. »

— Il dit : prend son élan, enjambe la fenêtre
Et tombe dans les bras de son souverain maître ;
Mais la tête a souffert, et l'on craint fort, dit-on,
Que l'aspirant au Ciel ne meure à Charenton.

DANS LES BUREAUX
DU *RÉFORMATEUR* (1)

UN MCNSIEUR

Je voudrais m'abonner.

PILATTE, *rédacteur*

Votre nom ?

LE MONSIEUR.

Jobard.

PILATTE, *au secrétaire*

Bien ;

Inscrivez pour un an ce brave citoyen.

JOBARD

Huit jours me suffiront et même au besoin, quatre.

PILATTE

Le moins est de trois mois ; je n'en puis rien rabattre.

---

(1) « *Abonnements en Europe, en Turquie d'Asie et autres pays.* »

JOBARD

Votre plus juste prix ?

PILATTE

Pour les Français, cent sous ;
Le double pour les Turcs ; vingt francs pour les Zoulous.

JOBARD

Et quel est votre plan ?

PILATTE

Mon plan est magnifique :
Anéantir partout le culte catholique.

JOBARD

Près des Bachi-Bouzouks, l'œuvre aura du succès ;
Mais chez nous vous ferez, grâce à l'esprit français,
Au fond du ridicule, un plongeon misérable.

PILATTE,

Je m'en lave les mains ; Bouchard est responsable.

ÉPITAPHE

Ci-gît un journal à réclame
Dont Bouchard fut le créateur.
Il avait nom : *Réformateur ;*
Vécut vingt jours, et rendit l'âme
Faute d'esprit et de lecteur.

PIQUÉ DES VERS

Monsieur Lambert écrit : « *Le ver ne pique point.*
Bescherelle avec lui diffère sur ce point :
Les vers piquent le bois ; ils piquent les costumes ;
Des auteurs inconnus ils piquent les volumes,
Et grâce à ses rimeurs rimant tout de travers,
Le *Journal* est piqué par de très mauvais vers.

HENRI ET PAUL

Si j'en crois Martial, rimeur sans grand renom,
Henri quatre, abjurant, imprima sur son nom
    « Une flétrissure éternelle. »
— Qu'en pense l'ami Paul, ce vieillard apostat,
Qui n'a pour s'excuser ni la raison d'État,
    Ni les beaux yeux de Gabrielle ?

PROSE ET VERS

X.. pour un journal compose
Et des vers et de la prose.
Hélas ! les vers sont boiteux ;
La prose ne va pas mieux.
Que ne fait-il autre chose,
Qui ne soit ni vers ni prose !

AU RÉDACTEUR

Les filles d'Apollon me travaillant l'esprit,
Je viens de mettre en vers ma lettre faite en prose ;
Le travail ne m'a pas, d'ailleurs, coûté grand'chose,
Tant la rime foisonne en mon premier écrit (1).
Deux ou trois mots changés ; et l'œuvre était éclose.
Jugez-en ; la voici :

Bligny, vingt-trois nivôse.

« Mon cher Monsieur Lambert, je vous dois le récit »
D'un accident qui vient de se produire ici.

    « J'avais construit sur la rivière,
    « Le mois dernier, un pont en pierre.

    « Deux braves gens, Robelin et Lhuillier,
    « L'un maçon, l'autre charpentier,
    « Le décintraient ce matin même, »
      Quand tout à coup, surprise extrême,
    « Je crois ouïr des cris dans le quartier.

    « J'accours. Spectacle affreux ! Lhuillier
    « Et Robelin gisent dans la rivière
    « Sous les débris du pont de pierre :
      Le voyer s'étant em*ballé*.

---

(1) *Voir le journal de Beaune du 10 janvier 1878.*

« Sur eux le pont avait croulé,
« Et l'onde trop cruelle
« Montait, montait toujours...
« J'omets de crier au secours.
« Par bonheur la mère Chapelle,
   Qui jadis, un beau jour,
« Dans le bois eut son tour, »
   Mieux avisée appelle
« Choutet et son oncle Cavin »
   Qui les tirent d'affaire,
« A l'aide de Mouquin
« Sur le point d'être père. »

« Sortis vivants ! mais les suites ? » enfin
« Deux heures après, » de la ville
   Arrive un médecin habile ;

« Rien de cassé, de compromis. »
   Dit ce docteur, de mes amis ;
Mais grâce à vous, cher Paul, ils l'ont échappé belle.
— Moi ? Dis-je stupéfait : « seul, sur la passerelle. »
« La tête dans mes mains » comme un simple « Fourtou »
   Je n'ai rien fait du tout.

   Croyez m'en, cher confrère,
   Devant le populaire
   Tombons à deux genoux,
« Car il vaut mieux que nous. »

PAUL, *sur le point d'être maire.*

SOUS LE

BALCON DE L'HOTEL-DE-VILLE

—

AIR CONNU

L'illustre Paul, l'homme à la passerelle,
      Chantait ainsi :
Quelqu'un doit-il me demeurer fidèle,
      Quelqu'un d'ici ?
Frères, amis, tout chacun m'abandonne,
      Comme Fourtou. —
Le peu de cas qu'on fait de ma personne
      Me rendra fou.

De Poidevin, Chabaux, Dumilly-Brette
      Ils ont fait choix ;
Et devant eux j'ai dû battre en retraite
      Avec six voix.
L'esprit beaunois s'en va, Dieu me pardonne !
      Je ne sais où. —
Le peu de cas qu'on fait de ma personne
      Me rendra fou.

Sur mes écrits on frappe sans scrupule :
      Je suis Bertron ;
Et j'ai couvert Beaune de ridicule,
      Plus que Piron ;

Hélas ! celui que la foule chansonne,
       Fut son bijou. —
Le peu de cas qu'on fait de ma personne
       Me rendra fou.

Athènes mit Aristide à la porte
       Par le scrutin.
Beaune de même avec moi se comporte ;
       C'est le destin.
Quoi ! faut-il donc, mettre plume, trombone
       Et dague au clou ! —
Le peu de cas qu'on fait de ma personne
       Me rendra fou.

Certes, celui qui sût doter sa ville
       D'un champ d'osiers,
Méritait bien pour ce service utile
       Quelques lauriers...
Et j'ai failli passer un mois d'automne
       Sous le verrou.
Le peu de cas qu'on fait de ma personne
       Me rendra fou !

ENTERREMENT CIVIL

—

Amis de la Nature et de l'Humanité
Conduisaient, l'autre jour, à sa loge dernière
Un ancien Franc-maçon, enfant de la Cité.
Trois cents libres penseurs accompagnaient la bière.
Suivant l'antique usage, un orateur maçon,
Semant fleur d'immortelle et fleur de rhétorique,
Du Frère trépassé fit le panégyrique :
Il vanta son grand cœur, sa profonde raison,
Son amour du prochain, sa vertu sans égale ;
Et, dédaigneux, laissa l'âme et Dieu de côté.
Soyez donc conséquents, ô prêcheurs de morale !
A quoi bon la vertu sans l'immortalité ?

SCÈNE D'INTÉRIEUR

—

Une salle tendue de noir et éclairée d'une lampe sépulcra-
le. — Au milieu, une bière entourée de F.·· M.·. cou-
ronnés d'immortelles. — Au fond l'autel (ou bureau) or-
né d'une tête de mort et d'ossements.

LE VÉNÉRABLE, *à l'Assemblée*

Si j'en crois certains bruits arrivés jusqu'à moi,
Tout l'Ordre maçonnique est dans un grand émoi.
Parlant sur un tombeau, j'aurais dans ma harangue,
Flatteuse pour le mort, blessante pour la langue,
Perfidement glissé certaine expression
Opposée à l'esprit de l'Institution.
Un Frère délégué par le Conseil suprême,
Doit pour m'interroger venir en ce lieu même ;
Mais fort de mon bon droit, comme de votre appui,
Je l'attends de pied ferme.
(Trois coups de maillet ébranlent la porte de la Loge.)

On a frappé ; c'est lui.

F.·. ROSE-CROIX, *délégué, en grande tenue*

Par les mânes d'Hiram, architecte du temple,
Frère, votre discours est d'un mauvais exemple.
Certes, vous pouvez bien faire des oraisons,
Mais non point aux dépens du Corps des Francs-Maçons.

LE VÉNÉRABLE

O Maître ! j'eus toujours en estime profonde
« Notre société la plus grande du monde, »
Et n'ai jamais, jaloux de l'honneur du drapeau,
Fait la moindre souillure au tablier de peau.
(!! — !!! Batteries d'approbation.) (1)

F.·. ROSE-CROIX

Par le Grand-Orient ! vous me la contez belle.

LE VÉNÉRABLE

Non, non, rien n'a terni l'éclat de ma truelle.

F.·. ROSE-CROIX

Votre discours n'en est pas moins fort mal bâti,
Et digne tout au plus d'un Maçon Apprenti.

LE VÉNÉRABLE

J'ai dit qu'un ferblantier, « avant l'heure suprême,
« De l'existence ayant résolu le problème,
« Sans regrets s'endormit de l'éternel sommeil. »

P.·. ROSE-CROIX

Mais, c'était une offense aux amis du *Réveil* (2).

---

(1) *Rhythme de coups frappés avec le maillet ou avec les mains.*
(2) *Loge maçonnique.*

LE VÉNÉRABLE

J'ajoutai que ma Loge eut le bonheur insigne
D'avoir « réalisé ce frère » juste et digne.

F.·. ROSE-CROIX

Réaliser un frère ! Ah, quel jargon, bon dieu !
Pour un homme occupant la *Chambre du milieu,*
Et dont la mission, douce autant que féconde,
Consiste à dissiper les ténèbres du monde.

LE VÉNÉRABLE

L'Assemblée a trouvé ce passage charmant,
Et tous les Corps d'état m'en ont fait compliment.

F.·. ROSE-CROIX

N'avez vous pas encor, chose plus déplorable,
Traité Quatre-vingt-neuf d'année « *immémorable,* » (1)
C'est-à-dire, en français : que l'on doit oublier.
Et que répondrez-vous pour vous justifier ?
Car, à ce compte là, nos triomphes, nos gloires
Disparaîtraient bientôt de toutes les mémoires.

LE VÉNÉRABLE

Le journal des Maçons inséra sans broncher
L'article que l'on ose ici me reprocher.

---

(1) *Textuel.*

F∴ ROSE-CROIX

L'excuse ne vaut rien ; il ne sait pas grand'chose.
A d'autres confiez le soin de votre cause.

UN COMPAGNON, *ami de l'accusé*

Si pour Quatre-vingt-neuf il se montra blessant,
C'est sans intention ; ce Frère est innocent.

LE VÉNÉRABLE

Ne voyez dans ma prose aucune perfidie.

F∴ ROSE-CROIX

Votre sincérité me touche et m'édifie.

LE VÉNÉRABLE

Maître, vous êtes bon...

F∴ ROSE-CROIX

Et sans le règlement,
Je vous épargnerais ici le châtiment ;
Mais puis qu'il faut punir tout membre qui déroge...

LE VÉNÉRABLE

Ciel !
(Protestations.)

F∴ ROSE-CROIX

Vous ferez cinq fois le tour de votre Loge,
Marchant à reculons, et portant dans vos bras :

Levier, marteau, truelle, équerre, auge et compas (1) ;
Puis la course finie, un Maçon, par derrière
Brusquement vous empoigne et vous met dans la bière (2).

(!!! — !!!! *Batteries de deuil.*)

LE VÉNÉRABLE

Miséricorde !

F.'. ROSE-CROIX

On voile ensuite le cercueil,
Et chaque Franc-Maçon, en longs habits de deuil,
S'avance, et tour à tour vous fait un historique,
Précis et détaillé, touchant la fin tragique
D'Hiram notre patron, que, d'un coup de marteau,
Un méchant garnement coucha dans le tombeau.
Enfin, sur un signal, la Loge tout entière
Resplendit de clartés ; on vous sort de la bière,
On vous couvre de fleurs, et captif délivré,
Vous devenez *Kadosch*, frère régénéré (3).

Quant au Frère ignorant qui logea dans sa feuille
Votre mauvaise prose, afin qu'il se recueille,
J'entends qu'on le colloque, et sans discussion,
Huit jours au *Cabinet de la réflexion* (4).

---

(1) *Cérémonies en usage pour la réception au grade de Compagnon.*
(2) *Cérémonies pour l'initiation à la Maîtrise.*
(3) *Voir Louis Blanc.*
(4) *Chambre tendue de noir et agrémentée d'emblèmes funéraires.*

FLÉAUX

—

Quels fléaux ont mis Beaune en un état pareil ?
Disait un étranger visitant notre ville :
Est-ce le feu, la Prusse ou la guerre civile ?
— Vous oubliez, Monsieur, les membres du Conseil.

SUR LE PONT DES OIES

—

SCÈNE EN PLEIN AIR

—

Debout sur le parapet du pont, la Commission municipale assistée du Voyer. — Au bas du viaduc, deux tubes en fonte placés à la naissance de la voûte de la rivière et destinés à distribuer l'eau aux riverains.

LE VOYER, *à la rivière*

Nymphe de la Bouzaise, entrez dans ces canaux ;
L'Hôpital vous réclame.

LA BOUZAISE

Il n'aura pas mes *eaux*.

UN CONSEILLER, *libre penseur*

Ce mot de Scipion frise l'impertinence.

LA BOUZAISE

De vos bons procédés, j'ai gardé souvenance.
Le Conseil m'enterra ; je me venge aujourd'hui ;
Et pour vous je deviens une source d'ennui.

LE CONSEILLER

Soit ; on vous enterra, mais de façon civile.

LA BOUZAISE

Enterrement qui coûte assez cher à la Ville :
Quatre-vingt mille francs, sans compter les faux frais.
Et pour quel résultat ?

LE CONSEILLER

Silence ! entrez.

LA BOUZAISE

Jamais.

L'ADJOINT

Ecoutez-moi, je suis la République aimable.

LA BOUZAISE

Malgré tous vos attraits, je demeure intraitable.

LE MAIRE

Cédez à mes désirs, j'ose vous en prier ;
Il y va de l'honneur du Conseil tout entier.

LA BOUZAISE

Inutile prière,

LE VOYER

On saura vous contraindre.

LA BOUZAISE

Vos plans sont si bien faits, que je n'ai rien à craindre.

LE CONSEILLER

En attaquant un seul, vous nous attaquez tous.

LA BOUZAISE

Bah ! Le public n'a point si grand respect pour vous :
L'autre jour, baptisant vos deux nouvelles voies,
Il me donnait déjà le nom de : rue *Aux oies.*

LE MAIRE, *d'un ton sec*

L'Hospice vous attend.

LA BOUZAISE

Votre règne fatal,
Avant moi, conduira la Ville à l'hôpital.

LE CONSEILLER

Nymphe, cette réponse est un nouvel outrage.

L'HÔPITAL, *dans le lointain*

Mettrez-vous fin bientôt à tout ce bavardage ?
Au lieu de discuter, envoyez-moi de l'eau ;
Ou, s'il le faut, enfin baissez votre niveau.
Lavoirs et lavabos sont à sec ; c'est indigne,
Devant le tribunal demain je vous assigne.

LE MAIRE, *à la rivière*

Allons ! obéissez.

LA BOUZAISE

Que me font ces lavoirs !
L'insurrection est le plus saint des devoirs.

LE CONSEILLER

Contre les rois toujours la révolte est permise ;
Mais contre nous, corbleu ! cela n'est pas de mise.

LE VOYER

Charpentier, appliquez le barrage.

LA BOUZAISE

Au secours !
On me fait violence. Ah, Dieux !

LE VOYER

Allez toujours.
Le bras gauche déjà dans un conduit s'engage :
Ma science triomphe ; élevons le barrage.
Le flot monte, voyez ; le voilà de niveau.

(*Applaudissements.*)

UN JARDINIER DE SAINT-MARTIN

Arrêtez ! Arrêtez !

LE MOULIN DU VOISINAGE

> Otez le batardeau.

LE JARDINIER

Vous inondez mes choux.

LE MOULIN

> Vous submergez ma roue.
Des intérêts du peuple est-ce ainsi qu'on se joue ?
Vous me le paîrez bon.

LE JARDINIER

> Et plus cher qu'au marché.

LE MOULIN

A vos trousses demain l'huissier sera lâché.

LE MAIRE

Vite, un ingénieur, pour nous tirer d'affaire.

LE CONSEILLER, *renversant le barrage*

Sauvés !

L'HÔPITAL

L'eau se retire. Eh ! que vient-on de faire ?

LE VOYER

Sans tarder remettons debout le batardeau.

L'ADJOINT

Très-bien ; mais le meunier va revenir sur l'eau.

LE VOYER

Quel parti prendre ?

LE MAIRE

Amis, dans ces périls extrêmes,
Recourons aux savants.

LA BOUZAISE

Ne l'étant pas vous mêmes.

UN PASSANT

Triste position du Conseil fourvoyé :
Ou l'Hôpital à sec, ou le moulin noyé !

CHAT ET RATS

L'organe du Conseil se livre aux doléances :
« Partout des rats, dit-il ; mais ou donc est le chat ? » (1)
— Puisse-il dévorer, imprudent avocat,
        Tous les rongeurs de nos finances !

AU JOURNAL (2)

    Hier, Henri chantait, dans sa mélancolie :
« Mes bons amis, j'ai lu, mais je ne sais plus ou,
« Que l'esprit, le talent mènent à la folie. »
— En conséquence, Henri jamais ne sera fou.

---

(1) *Journal de Beaune, 13 avril 1878.*
(2) *Réponse au Journal de Beaune, n° du 28 Mars 1878.*

NOUVEAUX IMPOTS

—

L'autre jour, le hasard fit tomber sous mes yeux
Un Journal rédigé dans le genre ennuyeux,
Mais qui, sans le savoir, quelquefois prête à rire;
J'emprunte à ce journal l'article qu'on va lire :

SÉANCE DU CONSEIL. IMPÔTS. EMPRUNT. BUDGET ;
RÉSUMÉ DES DÉBATS OUVERTS A CE SUJET.

A. CONSEILLER, *rapporteur*

Nos finances, Messieurs, s'en vont au pas de course ;
Les travaux entrepris ont vidé notre bourse ;
L'emprunt touche à sa fin, mais dans ce désarroi,
Pour nous remettre à flot, nous possédons l'octroi.
Paris, Lyon, Bordeaux, toutes les grandes villes
Ont eu recours à lui dans les temps difficiles ;
Imitons leur exemple.

UN MEMBRE

Allons donc !

LE MAIRE

Écoutez.

LE RAPPORTEUR

« Objets soumis aux droits : *Brioches* et pâtés »

UNE VOIX

Joli début !

LE RAPPORTEUR, *continuant*

« Fruits secs, amandes, confiture,
« Lapins, lièvres, dindons, carpes, brochets, friture;»

UN CONSEILLER

Dindons ! ôtez cela ; les marchands en courroux,
Iraient partout chantant que nous tirons sur nous.

LE RAPPORTEUR

C'est juste. Je poursuis : « Marbres, pierres de taille,
« Bière, bois de sapin, cercles, bois pour futaille; »

VOIX NOMBREUSES

Halte là ! s'il vous plait ; et respect aux merrains !
Ou nous vous plantons là, foi de républicains.

LE CONSEIL

Épargnons le merrain.

LE RAPPORTEUR

« Double droit sur la paille, »

LE CONSEILLER BONSENS

Vous y mettez la Ville.

(Murmures)

LE RAPPORTEUR

« Impôt sur la volaille, »

UNE VOIX

Monsieur, c'est une atteinte à notre poule au pot.

UN RÉACTIONNAIRE

Vive Henri quatre !

LE CONSEIL

A l'ordre !

LE RAPPORTEUR

« Huiles, savon, turbot, »

UN CONSEILLER

Soit. Va pour le savon ; ce n'est pas mon affaire ;
Mais les huiles ! Le peuple a besoin qu'on l'éclaire.

LE RAPPORTEUR

« Cidre et poiré, »

PIERRE

Frappez ; tout cela ne vaut rien.

LE RAPPORTEUR

« Esprits, »

PAUL

Frappez encor ; je m'en passe fort bien.

LE RAPPORTEUR

« Porte-plumes, crayons, encre, papiers et cire; »

UN MEMBRE

J'accepte volontiers, ne sachant point écrire.

LE RAPPORTEUR

Vous n'en êtes pas moins bon administrateur.

DEUX FRÈRES ET AMIS

Très-bien.

L'ADJOINT

Continuez, citoyen rapporteur.

LE RAPPORTEUR

« Chèvres, bœufs et taureaux, choux, avoine, fourrage,
« Veaux, salades, moutons, viandes et jardinage. »
(Protestations)

LE MAIRE

Ah ! c'est trop ménager et la chèvre et le chou ;
En procédant ainsi nous n'aurons pas un sou.
Il nous faut de l'argent, n'en fût-il plus au monde.

UN CONSEILLER

Le public va crier ; rappelez-vous la Fronde.

LE MAIRE

Rappelez-vous le mot si vrai de Mazarin,
En réponse aux lazzis du peuple souverain :
« Ils chantent ; ils paîront . »

LE CONSEILLER

L'élection approche ;
Devant le souverain, paraissons sans reproche.

LE MAIRE

N'ayez point de tourment ; un mot du Comité
En mouton changera l'électeur révolté ;
Que vous imposiez bœufs, maquereaux ou sardines,
Toujours il passera sous nos fourches caudines.

On vote. Et le Conseil, du discours enchanté,
Adopte les impôts qui grèvent la cité.

LE JOURNAL ET L'ABONNÉ

—

Le jeune Henri, d'une voix éloquente,
Un jour disait : « nous servirons demain
« Une satire à la *sauce piquante* ;
« Un professeur doit y mettre la main. »
Rien ne paraît, et l'abonné soupire :
A votre plat goûterai-je bientôt ?
Henri répond : nous avons la satire ;
Mais c'est la sauce, hélas ! qui fait défaut.

LA MUSE DU JOURNAL

Le *Journal* beaunois nous amuse ;
Et s'il « n'existait pas, il faudrait l'inventer. »
Voici quelques chants de sa muse,
En supposant qu'un âne ait jamais su chanter :

« NIGREMUS *(rat noir)*

« *Ce sont des gueux, des canailles*
« *Qui ne rêvent que batailles*
« *Et civiles funérailles*
« *Sans en...* (il cherche) *tonnoir*
« *Non, je me trompe... censoir.*
« *Pour eux soyons sans entrailles,*
« *Et pendons les tous, pour voir.* »
« *Dixi.*
« *La suite à jeudi.* » (N.)

Gagne et Bertron qu'on vilipende,
Sont deux littérateurs, certes, bien saugrenus ;
Mais la République nous pende,
S'ils ont jamais commis vers aussi biscornus.

———

Florian, Lafontaine, Ésope, en maint ouvrage,
Aux bêtes donnent de l'esprit ;
Et le *Journal,* pour rendre aux bêtes leur langage,
Les fait parler comme il écrit.

---

(1) *Journal de Beaune du 14 mai 1878.*

DIALOGUE

LE JOURNAL

« Notre critique vous désole. » (1)

LA REVUE

Je n'eus jamais plus de gaîté.

LE JOURNAL

« Vous m'appelez *maître d'école.* »

LA REVUE

Ne l'avez vous point mérité ?

LE JOURNAL

La *Revue,* un jour, c'est à craindre,
« *D'ignorantin* me traitera. »

LA REVUE

Dormez en paix ; pour vous dépeindre,
Ignorant, tout court, suffira.

---

(1) JOURNAL DE BEAUNE du 2 mai 1878,

Le *Journal* a l'humeur chagrine ;
Son existence est en danger ;
Un scélérat veut lui plonger
« Une lame dans la poitrine. » (1)
L'endroit choisi n'est pas très bon .
Que l'assassin qui le menace
Frappe au siège de la raison ;
C'est le défaut de la cuirasse.

(1) *Voir dans le* JOURNAL *du 9 mai un article intitulé*
LES PRINCIPES.

L'ATTENTAT

—

HENRI, *rédacteur en chef*

Un coquin, sous mon toît, vient de commettre un crime;
D'un horrible « *attentat* » votre chef est victime.

RATBOTTÉ, *secrétaire*

Quel nouveau Nobiling, rival de Pianori,
Comme le roi Guillaume osa traiter Henri?
Nommez le scélérat que j'en fasse justice.

HENRI

Hélas! la main coupable était à mon service.

LA RÉDACTION, *en chœur*

Ils possédaient Boistot (1); nous avions Jacotin. (2)
Quoi, faut-il dans nos rangs compter un assassin !

HENRI

Calmez-vous ; la parole a trahi ma pensée ;
Il s'agit, citoyens, d'une vitre cassée.
En secret, cette nuit, pénétrant au bureau,
Margot, mon cordon bleu, fit sauter un carreau.
« Quelque vil calotin soudoya l'infidèle. »

---

(1) *Économe infidèle de l'Hôpital de Beaune.*
(2) *Sénateur républicain.*

UNE PLIEUSE

Ou bien un vitrier.

HENRI

Vous me la chantez belle.

LA RÉDACTION

L'enquête fera luire aux yeux la vérité.
Au surplus le délit manque de gravité ;
Montrez-vous indulgent pour une fantaisie.

HENRI

Périclès se laissait mener par Aspasie ;
Moi, je n'ai pas l'humeur du rival de Cimon ;
Qu'on frappe la drôlesse, et sans plus de sermon.

LA RÉDACTION

Bon Dieu, quelle fureur aveugle vous transporte !
Colloquez simplement ce *cordon* à la porte.

HENRI

« Non, non, je dois sévir. »

UNE VOIX D'OUTRE-TOMBE

Sois clément, cher Henri ;
De sentiments chrétiens les Frères t'ont nourri,
Et, bien qu'à tes égards Margoton soit sans titres,
Pour un carreau brisé ne casse pas les vitres.

AU CITOYEN QUI SIGNE :

RATBOTTÉ

—

Quelle signature insensée !
Docte écrivain, crois moi, choisis un autre nom ;
A Beaune, Corgoloin, Nuits, Seurre ou Vauchignon,
Rat botté n'est partout qu'une bête chaussée.

———

AU MÊME

—

Boileau dit dans une satire :
« Un sot trouve toujours un plus sot qui l'admire. »
Ce poëte n'est qu'un menteur :
Ratbotté n'a jamais trouvé d'admirateur.

———

DISTIQUE

L'Apollon du *Journal* a deux légers défauts :
Sa rime n'est pas juste et tous ses vers sont faux.

PLAINTE D'UN REMPART

Naguère on m'appelait rempart de l'Oratoire ;
Ils m'ont donné le nom de Paul Bouchard. Hélas !
Quelle mine, à présent, ferai-je dans l'histoire !
— Démolissez-moi, soit ; mais ne m'abaissez pas.

RÉCLAMATIONS

A LA MAIRIE

UN HABITANT, *rue du Collége*

Monsieur le maire ?

LE SECRÉTAIRE

Il est sorti.

L'HABITANT

Monsieur l'adjoint ?

LE SECRÉTAIRE

Il me quitte à l'instant ; vous ne le verrez point.

L'HABITANT

Quand l'intérêt du peuple exige sa présence,
L'Administration brille par son absence.
L'ancien Conseil brillait par un plus beau côté.

UN CONSEILLER, *sortant du Cabinet.*

Ce discours, Citoyen, blesse la vérité ;
Je remplace aujourd'hui le Chef de la Commune.
Que voulez-vous ?

L'HABITANT

Ma rue est changée en lagune ;

Je suis bloqué par l'eau depuis l'hiver dernier,
Que la Ville nous donne au moins un gondolier.
Tout le quartier se plaint.

LE CONSEILLER

Un peu de patience.

Notre voyer n'est pas au bout de sa science ;
Dans huit jours il aura fait lever le blocus.
Allez.

L'HABITANT

Dieu soit loué !

LE CONSEILLER

Chut ! Il n'existe plus.

NOUVEAU PLAIGNANT, *même rue*

Grâce à votre voyer, ma porte est suspendue
A trois ou quatre pieds au dessus de la rue.

UN AUTRE

Grâce à votre niveau, mon seuil est enterré ;
Le dernier *goum* arabe est mieux administré.
Qu'on ne me parle point de république aimable !

LE CONSEILLER

Je ne saurais souffrir un langage semblable.
Honorez les élus du peuple souverain ;

Cinéas introduit dans le sénat romain,
Des immortels croyait contempler le cénacle.

L'HABITANT

Certes, vous n'offrez pas un moins brillant spectacle ;
Mais l'aspect des travaux, objet de votre orgueil,
Fait bien vite oublier le charme du coup d'œil.

LE CONSEILLER

Le scrutin par deux fois consacra notre gloire,
Et malgré les jaloux, nous vivrons dans l'histoire.

UN HABITANT, *place Notre-Dame.*

Un moellon s'échappant de l'ancien Tribunal,
L'autre jour a failli me devenir fatal.
Quoique grand partisan de l'autel et du trône,
Je redoute bien plus les ruines de Beaune,
Que celles de Volney (1). Le pays n'est pas sain.

LE CONSEILLER

Abandonnez les lieux ; le remède est certain.

UNE MÈRE DE FAMILLE, *rue Maizières.*

Secourez-nous, Monsieur ; la semaine dernière,
Le ruisseau refusant d'aller à la rivière,

---

(1) *Philosophe républicain, auteur d'un ouvrage*
intitulé : LES RUINES.

Envahit ma maison ; mes fils dans leurs berceaux,
Flottaient, comme autrefois Moïse, sur les eaux.
Chacun peut l'attester.

UN TISSERAND, *son voisin*

Le fait est authentique ;
La plus légère averse inonde ma boutique.

LE CONSEILLER

L'Administration est fort dans l'embarras.

LE TISSERAND

Et votre serviteur, en de très-vilains draps.

LA MÈRE DE FAMILLE

Elargissez l'égoût qui mène à la Bouzaise.

LE CONSEILLER

Vous discourez, Madame, ici bien à votre aise.
On y réfléchira.

LA MÈRE DE FAMILLE

Le travail est urgent.

LE CONSEILLER

Après tout nous manquons d'ouvriers et d'argent;
Il nous restait cent francs au dernier inventaire,
Nous les avons mangés en l'honneur de Voltaire.

LES DEUX PLAIGNANTS

Cette façon d'agir fait bien des mécontents.

LE CONSEILLER

On ne saurait complaire à tous les habitants.
Elevez votre seuil pour éviter la crue.

UN HABITANT, *rue de la fontaine*

Le bruit court que l'on va rebaptiser ma rue ;
Si Thomas vous sourit, je m'offre pour parrain.
Je suis fort peu connu, mais bon républicain.

LE CONSEILLER

Vous arrivez trop tard; nous avons notre affaire
La rue en question prendra nom : rue *Eau claire*.

UN HABITANT, *faubourg Saint-Jean*

Au dire d'un journal, démagogue enragé,
Le nom de mon faubourg serait aussi changé.
Dois-je du bon *Saint-Jean* mener les funérailles?

LE CONSEILLER

Nous passons le grattoir sur toutes les murailles,
Et notre député, le citoyen Joigneaux,
Tiendra votre faubourg sur les fonds baptismaux.

UN CITOYEN

Puisqu'il en est ainsi, je demande une *Place*.

LE CONSEILLER

Nous n'avons rien pour vous.

LE CITOYEN

Quoi ! pas même une impasse?

LE CONSEILLER

Tous les postes sont pris : l'illustre Paul Bouchard,
Sauveur de la Cité, brille sur un rempart ;
L'*Ancienne Comédie* à Thiers est dévolue,
Et le père Duchêne occupe la *Grand'rue*.
Républicain manchot, Mucius Scœvola
Passe dans la ruelle ou *Berthet* s'installa;
Gambetta prend la rue *Aux Halles* consacrée,
Et celle des *Bouchers* à Marat est livrée.
Diogène revient habiter le *Lieu-Dieu* :
Pour détrôner *Rolin*, Jacotin à beau jeu;
Brutus bannit *Saint-Jacque*; et *Sainte-Marguerite*,
Devant un Sans-culotte, en tremblant, prend la fuite.(1)

UN FACTEUR

Comment nous reconnaître en un gâchis pareil !

---

(1) *D'après le calendrier républicain publié à Beaune,
en l'an III, la rue Sainte-Marguerite s'appelait rue des
Sans-culottes.*
La rue Bussière ou du Lieu-Dieu, rue Diogène,
Le faubourg Perpreuil, faubourg Germinal,
Le faubourg Bretonnière, faubourg de la Liberté, etc., etc.

LE CONSEILLER

Vingt-sept murs sont offerts aux membres du Conseil ;
Lamarle, sous-préfet de vaillante mémoire,
Siége à *Saint-Nicolas*, théâtre de sa gloire ;
Dans la *Cour des Chartreux* on case le *Journal;*
Perpreuil ragaillardi s'appelle : Germinal.
La Liberté retourne au faubourg *Bretonnière* :
Crémieux vient rue *Aux Juifs;* le sacristain *Saint-Pierre*
Abandonne sa *Place* au grand Sadi Carnot ;
Pipe-en-bois, sans façon, déloge *Pasumot*,
Et notre voyer prend le chemin de l'*Ecole.*

UN OPPORTUNISTE

Beaune protestera ; votre entreprise est folle.
Eh quoi ! tous les vieux noms subiraient ce destin ?

LE CONSEILLER, *se retirant*

Rassurez-vous, Monsieur ; nous gardons *Saint-Martin.*

DÉGRINGOLADE

Hier, il annonçait la divine parole
Dans la chaire sacrée où monta Fénélon ;
Il célèbre aujourd'hui la messe à *Montholon* (1)
Où Mignon, l'an dernier, chanta la gaudriole.
Le peuple applaudissait l'artiste et la chanson,
Le moine défroqué provoque le vacarme ;
Des quolibets moqueurs accueillent l'ancien Carme,
Et le Père Hyacinthe est le *papa* Loyson.

AUX ÉLECTEURS

Une place est vacante au Conseil de la Ville.
Citoyens, nommez-moi ; la place me sourit :
Spirite omnipotent, je serai très-utile,
Le jour où l'assemblée aura besoin *d'esprit*.

---

(1) *Ancien café-concert.*

SUR UNE TOMBE

Le chantre du Conseil a terminé ses jours :
Dégringolant du Pinde, hier, il rendit l'âme,
Et le premier adjoint, en guise de réclame,
Devant le peuple ému prononça ce discours :

Celui dont Beaune en deuil conduit les funérailles,
De vos regrets, Messieurs, est digne à tous égards ;
Amphion autrefois, prodige des beaux-arts,
De Thèbes, en chantant, éleva les murailles ;
Le poëte défunt, par justes représailles,
Aux accords de son luth, renversa nos remparts.
Le fils qui le remplace est un esprit débile ;
Les grands travaux d'Hercule ont pour lui peu d'appas.
Il chante le théâtre ou compose une idylle,
Et les vingt-sept docteurs qui gouvernent la Ville,
« Sont tous devant ses yeux, comme s'ils n'étaient pas. »

Ah ! pleurons le défunt qu'à bon droit on renomme,
Et pour mieux honorer ce barde sans pareil,
Sur sa tombe inscrivons : *Ici gît le seul homme
Qui, sans peur, célébra les hauts faits du Conseil.*

ENTRE
DEUX COMMIS-VOYAGEURS

—

— Les affaires vont bien ; le commerce a repris,
Et nos vins au dehors se vendent un bon prix.

— L'Angleterre pour moi n'a pas produit merveilles :
Dans vingt jours je n'ai pu placer vingt-cinq bouteilles.

— L'anglais est défiant et ne se livre pas
Au premier étranger qui tombe sur ses pas.

— Précisément, j'étais muni de références
De nature à braver toutes les concurrences.

— Devant cet insuccès je reste confondu.

— C'est la Maçonnerie .·. hélas ! qui m'a perdu.

— Une institution en bienfaits si fertile !

— Mais sous la République, aujourd'hui bien stérile ;
Du Temple nous avons banni l'esprit chrétien.
La politique est tout ; la charité n'est rien.

— Morale indépendante !

— Oui, mais fort peu de mise
Des Montagnes d'Écosse aux bords de la Tamise.

— Nos voisins d'outre-Manche ont-ils perdu le nord ?

— Tous les Maçons .˙. français sur ce point sont d'accord.

— On croit encore en Dieu dans la Grande-Bretagne!!!(1)

— Et c'est là le secret de ma triste campagne :
Citoyen sans-culotte et sans religion
Je ne pouvais gagner les enfants d'Albion.

— Console-toi, mon cher, de ta mauvaise chance.
Le commis-voyageur est l'espoir de la France ;
Et qu'au pouvoir, demain, Gambetta soit porté,
Tu seras sénateur, ministre ou député.

————

(1) *On sait que la grande Loge d'Angleterre s'est séparée du* G.˙. O.˙. *de France qui, le 14 septembre 1878, supprima de l'article 1ᵉʳ de la Constitution maçonnique, la mention du Grand Architecte de l'univers et l'immortalité de l'âme.*

AU NOUVEAU CONSEIL

—

Paul, au *quatre septembre*, arrive le premier ;
Trois ans après, de l'urne il sort le dix-neuvième ;
Aujourd'hui, sur la liste, il figure vingtième ;
Vienne un nouveau scrutin, Paul sera le dernier.

Du volage électeur, s'il perdit la conquête,
Faites le Maire afin d'adoucir ses regrets,
Puisqu'à présent, dit-on, en vertu du progrès,
La queue est destinée à détrôner la tête.

FERRY, BOUCHARD ET Cie

Séduit par les exploits des empereurs païens,
Ferry contre l'Eglise entreprend des conquêtes ;
Paul Bouchard, fier soldat, joint ses efforts aux siens,
Et comme sous Néron, les malheureux chrétiens
    Sont de nouveau livrés aux bêtes.

LES MUSES A ACACIA (1)

En vain sur l'Hélicon tu rêves des conquêtes ;
    Tu ne saurais nous soumettre à tes lois ;
      Acacia n'est pas DU BOIS
        Dont on fait les poëtes.

---

(1) *Collaborateur du* JOURNAL.

A COQUELICOT (1)

—

Mauvais plaisant, rimeur en dépit d'Apollon,
Mets fin à des lazzis que le bon goût condamne ;
Et crois-moi, si mon nez pour un homme est bien long,
Tes deux oreilles sont bien courtes pour un âne.

——◆——

ARCADES AMBO

—

Non loin d'Acacia planté sur le Parnasse,
Coquelicot, dit-on, vient de prendre une place.
L'arbre épuisé jaunit sous les feux d'Apollon.
Le pavot aura-t-il un destin plus prospère ?
De l'avis général, les deux feront la paire
      Dans le sacré vallon.

———

(1) *Collègue d'Acacia.*

AUX POMMARDINS

—

Paul vient de Normandie ; il fait son tour de France.
Pommardins, hâtez-vous d'accueillir sa présence ; (1)
Jamais au même endroit, Paul ne reste longtemps :
C'est l'usage, on le sait, de tous les charlatans.

IIe

AUX POMMARDINS

—

Loyson a pour église une ancienne buvette ;
Un simple champ de foire à Paul Bouchard suffit.
Paul débite gratis son baume et sa recette,
Amuse à ses dépens : avec lui tout profit.

(1) *Voir sa lettre aux habitants de Pommard.* (JOURNAL DE BEAUNE, 1er *mars 1879.*)

14

ÉPILOGUE

La nymphe qui régnait sur les bords du Céphise,
Echo, fille de l'Air, jadis parlait souvent.
Junon pour la punir lui dit : qu'il vous suffise
De jeter désormais une syllabe au vent.

L'Indiscrète en pleurant s'enfuit sous une roche ;
Et quand un dieu malin demandait si Junon
Avait une conduite exempte de reproche,
Fidèle à la consigne, Echo répondait : non.

L'épouse de Jupin a perdu son empire :
Les décrets de l'Olympe aujourd'hui n'ont plus cours ;
Et la nymphe redit tout ce qu'elle entend dire,
Sans crainte qu'un censeur abrége son discours.

Et c'est ainsi qu'est né ce modeste volume.
Mais avons-nous jamais, rêvant quelque renom,
Dénaturé les faits au courant de la plume ?
— Comme autrefois encore, Echo répondra : non.

TABLE

—

Beaune. — Imp. Batault.

www.ingramcontent.com/pod-product-compliance
Lightning Source LLC
Chambersburg PA
CBHW060843250626
47162CB00005B/2149